# YAËL TAUTAVEL
## OU L'ENFANCE DE L'ART

## DU MÊME AUTEUR
## AUX ÉDITIONS THÉÂTRALES

### DANS LA COLLECTION « THÉÂTRALES JEUNESSE »

JOJO AU BORD DU MONDE, 2007

UNE CHENILLE DANS LE CŒUR, 2008

LÉTÉE, 2011

UN CHIEN DANS LA TÊTE, 2013

LIVÈRE, 2014

SAC À DOS, in DIVERS-CITÉS. 14 PIÈCES POUR LA PRATIQUE ARTISTIQUE EN 5'55", 2016

LAUGHTON, 2018

### DANS LA COLLECTION « RÉPERTOIRE CONTEMPORAIN »

LA CHEVELURE DE BÉRÉNICE
SUIVI DE LES FALAISES, 2011

EVEREST SUIVI DE DE PASSAGE, 2013

ÉTAT SAUVAGE, 2017

CRÈVE L'OSEILLE !, 2017

BOXON(S) JUSQU'À N'EN PLUS POUVOIR
SUIVI DE GRAND MANÈGE, 2018

Stéphane Jaubertie

# YAËL TAUTAVEL
## OU L'ENFANCE DE L'ART

*éditions* THEATRALES II JEUNESSE

THEATRALES II JEUNESSE

**Des langages, des histoires, des délires,
cent façons de raconter le monde.
Des textes à lire, à dire, à écouter, à jouer.**

UNE COLLECTION DIRIGÉE PAR FRANÇOISE DU CHAXEL


47, avenue Pasteur, 93100 Montreuil.

Image de couverture : Mathias Delfau

Loi n° 49-956 du 16 juillet 1949 sur les publications destinées à la jeunesse, modifiée par la loi n° 2011-525 du 17 mai 2011.



ISBN : 978-2-84260-256-7 • ISSN : 1629-5129

## SOMMAIRE

PERSONNAGES :

**YAËL TAUTAVEL**

**GAËTAN TAUTAVEL**

**FACTEUR CHUVUL**

**MACHA CHAVAL**

**MAURICE HABILIS**

**KINOË HABILIS**

**COCO CHOVOL**

*La création de* Yaël Tautavel ou l'Enfance de l'art *a eu lieu en octobre 2006, au Théâtre Nouvelle Génération-Centre dramatique national de Lyon. Mise en scène et conception visuelle : Nino D'Introna. Avec : Angélique Heller (Kinoë Habilis), Antoine de La Roche (Gaëtan Tautavel), Cédric Marchal (Yaël Tautavel), Corinne Méric (Macha Chaval), Jacques Pabst (Facteur Chuvul) et Alain-Serge Porta (Maurice Habilis).*

## TABLEAU 1

*Sur la plage.*

YAËL.- Dis. Et la grenouille, si on lui souffle dans le cul, elle explose ?

GAËTAN.- Bien sûr.

YAËL.- Pareil avec une poule ?

GAËTAN.- Pareil.

YAËL.- T'as déjà soufflé dans des poules ?

GAËTAN.- Des dizaines de fois. Faut dire qu'à l'époque, y en avait, y en avait ! Des troupeaux entiers.

YAËL.- Alors ? Dis !

GAËTAN.- Quoi « dis » ?

YAËL.- Ça explose ?

GAËTAN.- Évidemment. Une poule, c'est comme une cornemuse. Tu y mets un tuyau dans le cul, tu te la coinces sous le bras, tu y cloues le bec, et puis tu souffles.

YAËL.- Ouawh !

GAËTAN.- Et comme l'air peut plus se faire la malle, ça la gonfle, ça la gonfle, et elle explose.

YAËL.- La nature est bien faite.

GAËTAN.- Dans un nuage de plumes.

YAËL.- Et avec les plumes on fait des petits oreillers pour dormir comme un loir.

GAËTAN.- C'est très vrai, mon Yaël, ma petite crotte.

YAËL.- Dis-moi, Gaëtan, mon aîné, ma grande crotte, les poules au départ, c'est pas fait pour exploser quand même...

GAËTAN.- Bien sûr que non.

YAËL.- À quoi ça sert alors ?

GAËTAN.- À faire des œufs mimosa d'abord puis à se faire bien dorer ensuite.

YAËL.- Encore une bête à croquer ?

GAËTAN.- Un peu mon neveu ! Et des meilleurs ! À la broche, au pot, au riz, farcie, au four, aux herbes...

YAËL.- Meilleur que la soupe aux endives ou la compote de citrouille ?

GAËTAN.- Yaël, mon cadet, ma jeune crotte, tu peux pas comprendre. Quand on a connu la poule, le rôti de bœuf et le gigot d'agneau, c'est dur d'oublier.

YAËL.- Ça te fait des souvenirs, c'est déjà ça. Moi, les animaux, pas vu la queue d'un, jamais croqué. Le Grand Exode, c'était pile quand je suis né. Pas vu un piaf, pas un croco, pas un chat, même en photo ! Tu parles d'une tragédie !

GAËTAN.- Je te les raconte tous les jours.

YAËL.- Gaëtan, ma vieille, c'est très gentil à toi, et même si je t'aime comme un frère, tu pourras jamais me remplacer la poule ou l'éléphant ! Je sens bien que plus je m'enfonce dans la vie, plus j'ai un manque à l'intérieur qui fait son trou.

GAËTAN.- C'est papa.

YAËL.- Pas que.

GAËTAN.- Grand comment, le manque ?

YAËL.- Un comme ça, de ceux qui vous avalent la rigolade et font pousser les drames de la vie. C'est un grand trou qui se creuse tous les jours un peu plus et je sens bien que si ça continue, je pourrais bientôt y basculer et y disparaître à tout jamais... et puis plus tu me racontes les petites paupiettes et le bœuf gros sel, moins je peux sacquer les épinards et ces andouilles de bananes. Tu parles d'une tragédie !

GAËTAN.- On peut pas rester là.

YAËL.- Là ?

GAËTAN.- Juste au bord de nos manques intérieurs. On va finir par se dépérir.

YAËL.- C'est grave, ça ?

GAËTAN.- Terrible. C'est quand t'es mort et que tu marches encore.

YAËL.- Comme tata Jacqueline ?

GAËTAN.- Pareil.

YAËL.- C'est pas que j'ai les pétoches, mais ça pourrait faire peur. Qu'est-ce qu'il faut faire alors ?

GAËTAN.- Partir. Là-bas.

YAËL.- Sur la Grande Terre ? Gaëtan, mon grand, t'as la cafetière qui fuit ! Quitter notre île ?

GAËTAN.- Les animaux l'ont bien fait, eux.

YAËL.- Mais Gaëtan, mon vieil ami, mon crottin, eux, c'était pour nous punir ! Parce qu'on leur avait tout salopé leur ciel et leurs rivières, tout coupé leurs forêts, tout empoisonné la vie avec nos gaz et nos acides. Alors de la fourmi à l'éléphant, sans faire de bruit, ils se sont tous fait la malle dans la nuit, je connais l'histoire, merci ! Mais nous deux, si on se taille, c'est une vache de punition pour notre unique amour.

GAËTAN.- Maman nous aime, elle comprendra.

YAËL.- Abandonnée par ses enfants ? Ils vont lui manquer terriblement, surtout le plus jeune.

GAËTAN.- Un aller-retour, mon Yaël. On rend visite à nos amies les bêtes, on en goûte une ou deux, et on rentre. Des vacances, quoi.

YAËL.- On peut peut-être attendre encore un peu. Pour mon grand manque, c'est pas à un jour près.

GAËTAN.- Attendre quoi ? De te transformer en tata Jacqueline, tout gonflé de larmes, ratatiné au fond de ton grand trou, sans avoir respiré l'air de l'aventure ! Tu ne peux pas grandir comme ça, ma crottine. C'est pas pédagogique. Et puis si je reste ici, moi, je vais devenir maboul à rêver toutes les nuits de pâté truffé et d'entrecôte au roquefort ! Reste avec maman si tu veux. Moi je pars.

YAËL.- Sans moi ?

GAËTAN.- Je suis encore jeune ! Je veux vivre ma vie !

YAËL.- Moi aussi je veux vivre ta vie ! Tu es trop jeune pour me voir dépérir !

GAËTAN.- J'en peux plus des brocolis vapeur et des cakes aux betteraves !

YAËL.- Exactement !

GAËTAN.- Les potages à l'oseille et les poireaux vinaigrette !

YAËL.- Exactement !

GAËTAN.- Je veux du jambon de Bayonne et de la blanquette de veau !

YAËL.- Des brochettes de tortue et du ragoût d'hirondelle !

GAËTAN.- Du porc à l'ananas et du bœuf bourguignon !

YAËL.- De la quiche au gorille et de la tarte au castor !

GAËTAN.- Du lapin à la moutarde et de la brandade de morue !

YAËL.- OK pour le jambon d'hirondelle et la brandade de moutarde, mais sur la Grande Terre, là-bas, d'après ce que tu m'as dit, y a pas que des mangeurs d'herbe.

GAËTAN.- Et alors ?

YAËL.- Ne va pas croire que j'ai les pétoches, c'est pas le genre de la maison, mais si je me fais dévorer, même un peu, ça va pas nous gâcher les vacances ?

GAËTAN.- T'inquiète pas, ma petite crotte, les animaux, ils mangent plus les gens depuis longtemps. On leur fait trop peur.

YAËL.- La nature est bien faite.

GAËTAN.- Le problème, c'est pour y aller.

YAËL.- À la nage ?

GAËTAN.- Beaucoup trop loin.

YAËL.- Tant mieux. Piscine, c'est l'année prochaine. Ça la fout mal d'être en avance sur le programme, ça fait chouchou. *(on entend une pétarade de Mobylette)* Tiens, voilà le facteur Chuvul.

CHUVUL.- Cucu lu gusses !

YAËL.- Salut facteur. Du courrier pour maman ?

CHUVUL.- Qu d'lu pub ! Ul fut lu gule tun frure u ul u mulude ?

YAËL.- Mais non, il réfléchit à comment mettre les voiles.

CHUVUL.- Hu ! Une putute bulude pur su dugurdur lus puputtes ! Huhuhu ! U qulle u vutre dustunutiun, lus umus ? Huhuhu !

YAËL.- La Grande Terre.

CHUVUL.- Qu ?

GAËTAN.- Ouais. Mon frère et moi, on a un projet de voyage pédagogique...

YAËL.- Tous les deux ensemble jusqu'à la fin de la mort, pas vrai ?

GAËTAN.- ... Parce qu'on en a plein le dos du céleri en branche et des châtaignes à l'eau. On veut de la viande, de la bien cuisinée qui vous réchauffe le cœur.

YAËL.- Le concombre à l'aneth et la tarte au persil, on en a fait le tour.

GAËTAN.- Et puis mon Yaël, il a jamais vu d'animaux.

CHUVUL.- Jumus ?

YAËL.- Pas un poil.

CHUVUL.- Puvre gusse.

YAËL.- Ben oui. Ma tragédie veut que je sois né juste après le Grand Exode.

GAËTAN.- Et comme les gens d'ici, ces couillons, dans leur colère de furieux, ils ont détruit tous les livres et les films qui représentaient les bêtes, forcément, il sait pas comment c'est fait !

YAËL.- Mais attention, je suis pas un bleu comme neige, je connais mes classiques ! Je sais déjà que les oiseaux, c'est léger comme une plume et que ça pousse dans des nids, que les chiens sont nos alliés, ainsi que les chevaux et les Anglais, les rennes, bon ben ça c'est le Père Noël qui se les ait commandés pour son boulot, les pingouins, c'est bien beau mais ça sert à rien ! Juste à faire joli sur les culottes glaciaires, alors que certains poissons, c'est bien utile quand on a pas de pont : par exemple, on fait traverser une bête malade ou un vieux, et là, en moins d'une minute les pires nanas lui font sa fête, et nous on passe comme qui rigole. Y a aussi le dragon ! Alors là, le dragon c'est n'importe quoi, c'est pipeau ! En vrai c'est une mite, comme les ogres, ça compte pour du flan ! Remarquez c'est tant mieux parce que, entre nous, ceux-là ils déchirent méchamment les enfants, encore plus qu'un divorce ou qu'un héritage ! Les souris, ça c'est mignon, mais ça descend le gruyère, qui lui descend du lait, qui lui-même descend de la vache...

CHUVUL.- *(sifflant d'admiration)* Tu us drulumunt cultuvu pur tun uge !

YAËL.- J'ai pas de mérite. Sans Gaëtan mon coach, je serais pas là où j'en suis. Pas vrai, coach ?

GAËTAN.- Il nous faudrait un bateau.

CHUVUL.- Ju cru qu j'u une udu ! Ce suir, vus ullu vunur munju u lu musun. Vus runcuntruru mu fumme, mudume Chuvul, ulle uttund u p'tut bubu.

YAËL.- Et les bébés, on pourrait pas les croquer ?

GAËTAN.- C'est pas légal. C'est des hommes comme toi et moi.

YAËL.- Dommage. C'est facile à ramasser.

CHUVUL.- J'uru put-utre une surpruse pur vus.

YAËL.- Une surprise ?

GAËTAN.- Merci facteur Chuvul. Il faut juste qu'on prévienne notre mère.

CHUVUL.- Ju vus lu pruvunur, sus trunqulle. J'vus dupuse qulqu purt, d'u cup d'Mubulutte ?

YAËL.- J'ai encore des animaux à réviser. Moi et mon coach, on vient de voir la poule.

CHUVUL.- Cutcutcut cuduc ! Uhuhuh ! Buy, buy !

*Il disparaît dans une pétarade.*

GAËTAN.- À ce soir ! Faudrait y amener quelque chose à madame Chuvul.

YAËL.- Des fleurs. Les femmes adorent ça.

GAËTAN.- Des belles jaunes, y en a là tout un troupeau.

YAËL.- Dis, Gaëtan, mon vieux complice, c'est quoi sa surprise, au facteur ?

GAËTAN.- J'en sais rien. C'est une surprise, banane !

YAËL.- Dis.

GAËTAN.- Quoi « dis » ?

YAËL.- Et les poissons ?

GAËTAN.- Quoi les poissons ?

YAËL.- Ben ça se mange ?

GAËTAN.- Que le vendredi.

YAËL.- Et c'est bon ?

GAËTAN.- Bof. C'est plein d'arêtes et ça sent la flotte.

YAËL.- Même les tout petits ?

GAËTAN.- Ceux-là on les mange pas. On les range dans un aquarium. Pour égayer les maisons de retraite.

YAËL.- La nature est vraiment bien faite. Dis.

GAËTAN.- Quoi encore ?

YAËL.- Banane toi-même.

*Noir.*

## TABLEAU 2

*Chez le facteur. Le soir.*

CHUVUL.- Cucu mu churu, c'ust mu !

CHAVAL.- Bansar man amar ! Ah, t'as tat sale !

CHUVUL.- Lu curburutur d'lu Mubulutte u encure luchu !

CHAVAL.- C'a pas grave, man amar, an appalara la garageaste. Abrasse-ma.

*Ils s'embrassent.*

GAËTAN.- Bonsoir madame Chuvul. Je m'appelle Gaëtan Tautavel et voici mon jeune frère Yaël Tautavel. On a cueilli ça pour vous.

CHAVAL.- Ah das flars ! J'adare.

YAËL.- Je sais.

CHUVUL.- *(prenant un appareil photo)* Un ne buge plus. Wustutu ! *(photo)* Ju lus u unvutus u purtugu nutre repus.

CHAVAL.- Farmadable ! J'adare las afats.

CHUVUL.- Uls vulent purtur sur lu Grunde Turre.

CHAVAL.– Parqa fare ?

GAËTAN.– Vous savez, madame Chuvul...

CHAVAL.– Pas madame Chaval. Appale-ma Macha.

CHUVUL.– Wustutu ! *(photo)*

GAËTAN.– Vous savez, Macha, Yaël mon jeune frère, il a jamais vu d'animaux.

CHAVAL.– Jamas ?

CHUVUL.– Jumus !

YAËL.– Promis juré craché. *(il crache)* Tu parles d'une rigolade ! Et mon vieux frère, les fruits et les légumes, il peut plus les sentir.

GAËTAN.– Ouais.

YAËL.– C'est décidé, on part tant qu'on est jeunes, en s'envolant de nos propres ailes.

GAËTAN.– Et le plus tôt possible.

CHUVUL.– Wustutu ! *(photo)*

YAËL.– On veut croquer dans les poules et faire péter les grenouilles !

GAËTAN.- Des rognons sauce madère et des fondues savoyardes !

YAËL.- Voir les troupeaux de papillons et de petits chatons !

GAËTAN.- Des p'tites cailles aux raisins, une grosse dinde aux marrons !

YAËL.- Entendre les airs des rouges-gorges et de l'aigle royal !

GAËTAN.- Du coq au vin maison, et un steak de bison !

YAËL.- Et revoir ces bonnes vieilles vaches des champs que j'ai jamais vues !

CHAVAL.- Pavres gasses.

CHUVUL.- C'u turruble. *(il pleure)*

CHAVAL.- Plares pas, man amar da patat Chaval.

YAËL.- Laissez, Macha, faut que ça sorte. C'est ma tragédie qui veut ça.

GAËTAN.- Il doit avoir faim, monsieur Chuvul, tout creusé qu'il est par ces émotions.

CHAVAL.- Allaz, mas patats banhammes, a table !

YAËL.- C'est quoi ?

CHAVAL.- Da fa gras da canard !

GAËTAN.- On en servait autrefois à Noël. Goûte, c'est très fin.

CHUVUL.- Mun umur, u ust lu bucul du curnuchus ?

CHAVAL.- A sa place, man amar. Das la rafragea-ratar.

CHUVUL.- Thunk yu.

YAËL.- Oui mais c'est quoi ?

GAËTAN.- C'est le foie d'un canard. On le bourre bien de grains de maïs, et après, il éclate.

YAËL.- Ouawh ! Comme du pop-corn ?

GAËTAN.- Plutôt comme le foie de papa. Il a été victime d'une épidémie de cirrhose.

CHAVAL.- Ja savas pas.

YAËL.- Notre papa il était tailleur de croquettes pour chat.

GAËTAN.- Un des meilleurs de l'usine. Un orfèvre !

YAËL.– Mais après le Grand Exode, vu qu'y avait plus un chat, ils ont planqué la clé sous la porte. Tellement bien qu'on l'a jamais retrouvée.

GAËTAN.– L'usine fermée, notre papa, il a pas supporté. Quand il s'est retrouvé tout désactivé, avec ses copains de licenciement, il est allé droit au bistrot. Les voisins disaient : « Il se soigne comme il peut ! »

YAËL.– Il s'est tellement soigné qu'il est tombé malade et un jour il a chopé cette vache d'épidémie de pop-corn. Ça l'a décédé tout net.

*Chuvul pleure.*

CHAVAL.– J'vas platat fare das patates.

GAËTAN.– Sauf votre respect, chère Macha, on en a jusque-là des patates !

YAËL.– Moi je viens d'arrêter. J'y toucherai plus jusqu'à la fin de ma mort. Promis juré craché. *(il crache)*

CHAVAL.– Alars das pates. Vas amaz las pates ?

GAËTAN.– Je préfère les escargots de Bourgogne.

CHAVAL.– Ah, las ascargats d'Bargagne ! Man amar, ta ta savians ?

CHUVUL.- Uh, lu uscurguts d'Burgugne, u nutre prumiu rundu-vus ! Qu'ust-ce qu j'u pu en uvulu ! Huhuhu !

CHAVAL.- Al ava l'trac, man p'tat factar. Hahaha !

CHUVUL.- U lu gutu u chuculut ! Huhuhu !

CHAVAL.- Quatre parts camme ça ! Hahaha !

CHUVUL.- Ul utu bun ! J'u utu mulude ! *(il pleure)*

CHAVAL.- Al a tarmana a l'hapatal.

GAËTAN.- Au moins, vous avez dégusté.

CHAVAL.- Ça, par dagasta, al a dagasta.

YAËL.- Apprenez, ma chère Macha, que sur la Grande Terre, moi aussi je vais déguster. De tout et pas qu'un peu ! Il paraît que là-bas ils ont de tout petits cochons tout mignons tout roses, tout pareils à votre bébé. Bien grillé c'est délicieux ! Pas vrai, coach ? Et après la maman cochonne, quand elle a bien nourri ses petits avec son bon lait de vache, on arrive par derrière et paf ! on lui met un grand coup de hache pour en faire du boudin aux pommes.

GAËTAN.- Yaël, mange tant que c'est bon.

YAËL.- Paf en rondelles la cochonne ! Dans les pommes le boudin !

GAËTAN.- Yaël !

YAËL.- Quoi ? C'est pas vrai peut-être que quand elle a donné ses bébés on va la zigouiller la cochonne ?

CHAVAL.- Haaa...

CHUVUL.- Çu vu pus, mu churu ?

CHAVAL.- J'ma sans patraque.

GAËTAN.- Même si c'est vrai, ça se dit pas ! Pas comme ça, pas à table ! Et les conventions ?

YAËL.- Les quoi ?

GAËTAN.- Bonjour au revoir merci pas manger les bébés pas cracher par terre. Les conventions quoi !

YAËL.- C'est dans mon programme ça, coach ? N'empêche que tu as dit : « Tout est bon chez les cochons jusqu'à leurs petits lardons ! »

CHAVAL.- Haaa...

CHUVUL.- U curnuchu d'umur, mun umur ?

GAËTAN.- Ça suffit ! Je vous prie d'excuser mon jeune frère, chère Macha, il n'a pas l'habitude de sortir.

YAËL.- Si tu sais plus ce que tu dis...

GAËTAN.- Mange.

YAËL.- Ça me dit rien. Et d'abord il était d'accord le canard ?

GAËTAN.- Bien sûr que non. Il s'est fait couillonner.

CHUVUL.- Cumme lu putut Jusus !

YAËL.- Comment ça ?

CHUVUL.- Lu putut Jusus, ul utu biun trunqulle u tuble uvuc dus umus...

GAËTAN.- Avec tout le boulot magique qu'il avait abattu le Jésus, c'était bien mérité de rigoler avec ses copains !

CHUVUL.- Ut lu, puf ! Lus Rumuns, qu uvu l'udrusse du rusturunt...

YAËL.- Comment ils ont eu l'adresse, les Romains ?

CHUVUL.- Sur unturnut... Uls puvu pus sucqu Jusus, tullumunt ul utu pupulure uvuc sus turs incruyubles, ulurs uls sunt vunus lu cupturu. Ut hup ! Duns lu puniu u sulude !

YAËL.- Pourquoi ?

GAËTAN.- Il avait pas ses papiers.

YAËL.- Le con.

GAËTAN.- Ouais.

YAËL.- Pas très malin pour un magicien.

GAËTAN.- Il s'est fait choper comme un bleu par les poulets !

YAËL.- Par les poulets ?

CHUVUL.- Suns uvur gutu sun puvu d'utruche, u bu un p'tut cup d'ruge du cru.

GAËTAN.- Du cru ?

CHUVUL.- Du cru.

YAËL.- C'était pas sa soirée au Jésus. Même pas eu le temps de toucher à son pavé d'Autriche.

CHUVUL.- Truche !

GAËTAN.- Truche.

CHUVUL.- U Buffulu Grull, c'u tup ! Ul u survu uvuc plun du frutes ! Curnuchu ?

YAËL.- Vache de poulets. Si j'en chope un, c'est la cornemuse ! Dis, Gaëtan, et après ?

GAËTAN.- Et après il s'est fait clouer à poil, sans avoir le temps de passer à l'église prendre un sweat.

YAËL.- La honte ! On y voyait le kiki au Jésus alors ?

GAËTAN.- Mais non. Il avait gardé la serviette du resto.

YAËL.- Pas con pour un couillon.

CHAVAL.- J'adare ça patat gars ! Miam miam !

YAËL.- J'adore pas trop quand vous m'adorez. Je suis trop jeune pour finir digéré comme un bébé.

CHAVAL.- Ma, patate banane, las atres humas, ça s'avale pas ! J'adare Sarge Lama, c'a pas par ça qa j'va l'mangea ! Ahahah !

CHUVUL.- Uhuhuh !

GAËTAN.- Hihihi !

YAËL.- Andouilles de bananes vous tous !

*Apparaît Habilis.*

HABILIS.- Bonsoir !

CHUVUL.- Hubulus !

CHAVAL.- Habalas !

CHUVUL.- *(prenant l'appareil photo)* Wustutu ! *(photo)*

HABILIS.- Désolé pour le retard, mes amis. Je viens à l'instant de livrer ma dernière toile. Un tigre de Sibérie magnifique.

YAËL.- C'est qui ?

CHUVUL.- Lu surpruse !

HABILIS.- Maurice Habilis, peintre animalier.

YAËL.- Yaël Tautavel, enfant.

GAËTAN.- Gaëtan Tautavel, plus grand.

CHAVAL.- Cammant vant las affares, Habalas ?

HABILIS.- Formidable. Je suis exténué.

CHUVUL.- Wustutu ! *(photo)*

HABILIS.- Les gens d'ici me commandent de plus en plus de tableaux. À peine la livraison achevée, je dois retourner à mon atelier, sur la Grande Terre, en peindre de nouveaux, pour les livrer au plus vite sur cette île. Je ne sais pas si je tiendrai cette cadence encore longtemps.

GAËTAN.- Vous peignez quoi sur la Grande Terre ?

HABILIS.- Des animaux.

YAËL.- Des animaux ? Pour quoi faire ?

HABILIS.- Tout le monde ici regrette leur départ.

GAËTAN.- C'est trop tard. Fallait pas tout leur polluer.

HABILIS.- Ça a été terrible, les enfants. Une nuit, tous les animaux, de la fourmi à l'éléphant, ont quitté votre île et sont venus se réfugier sur la Grande Terre...

YAËL.- ... Les oiseaux avaient pour bagages les plus petites bestioles, comme les taupes ou les mille-pattes, et les baleines, les cachalots et les dauphins ont fait un pont géant pour ceux qui marchent à pied. Au matin, y avait plus un chat. Je connais l'histoire, merci. C'est le berceau de ma tragédie !

GAËTAN.- Et maintenant les gens d'ici achètent les animaux pris dans vos toiles pour se les accrocher au cœur.

CHUVUL.- En suvunur. *(il pleure)*

CHAVAL.- Ane patate assiatte, char Habalas ?

HABILIS.- Avec plaisir, rayonnante Macha. J'ai une faim de loup. C'est qu'il pousse, le bout de chou !

CHAVAL.- Dans an mas, la p'tat gars s'ra la !

GAËTAN.- Un petit gars, c'est pas de bol.

CHAVAL.- Parqa ?

GAËTAN.- Une fille, on lui aurait cueilli des fleurs, il en reste plein !

YAËL.- C'est vrai que c'est pas malin.

CHAVAL.- Mas c'a tras bian das flars.

GAËTAN.- Pour un garçon ? Tu parles d'un accueil pédagogique ! Sauf votre respect, chère Macha, on a mis en place des conventions, c'est pas pour s'asseoir dessus !

YAËL.- Exactement. Dites-moi, cher ami, mon frère, c'est quoi qu'on y cueille aux garçons alors ?

GAËTAN.- Un petit livret A, ou une jolie tirelire.

YAËL.- Ah. Moi je préfère les fleurs.

GAËTAN.- C'est pas toi qui décides.

CHUVUL.- Wustutu ! *(photo)*

HABILIS.- Le principal c'est de lui donner beaucoup d'amour à ce petit bout. Quel délice ce foie gras ! Encore une merveille de ta cave, mon ami. Vous ne mangez pas ?

YAËL.- Pour finir empoisonné, aussi rose que papa, merci bien.

*Chuvul pleure.*

CHAVAL.- Tagliatalles ou macarona ?

GAËTAN.- Laissez tomber, chère Macha. On va vous laisser. Merci. Yaël, qu'est-ce qu'on dit ?

YAËL.- Rien.

GAËTAN.- Les conventions !

YAËL.- Où avais-je la tête ? Bonjour merci revoir.

CHUVUL.- Uttunduz ! Chur Hubulus, ju vudru tu dumundu u putut survuce. Pur lus gusses. Il fudru lus umunur sur lu Grunde Turre.

HABILIS.- Je n'ai pas l'habitude d'avoir des passagers sur mon bateau.

GAËTAN ET YAËL.- Un bateau !

GAËTAN.- Emmenez-nous avec vous, monsieur Habilis !

YAËL.- On se fera tout petits. J'ai jamais vu d'animaux.

HABILIS.- Jamais ?

CHAVAL ET CHUVUL.- Jamas ! Jumus !

YAËL.- Promis juré pas craché. Et mon frère il voudrait tellement les avaler.

HABILIS.- Vos parents sont d'accord ?

GAËTAN.- Papa est mort, et notre mère, vu que c'est pour notre bien, elle sera forcément d'accord.

YAËL.- Elle nous a élevés le plus haut qu'elle a pu, mais depuis quelque temps c'est pas la joie.

GAËTAN.- Elle travaillait dans une fabrique de pullovers. Tricoteuse industrielle, ça s'appelle.

YAËL.- Mais avec ma tragédie du Grand Exode, les moutons ont mis les voiles.

GAËTAN.- Plus de moutons...

YAËL.- Plus de laine...

GAËTAN.- Plus de boulot.

YAËL.- Le chômage, quoi.

CHAVAL.- Ja savas pas.

*Chuvul pleure.*

YAËL.- Et ouais.

GAËTAN.- Mais maman, elle dit que c'est pas la faute aux moutons. À force de leur manquer de respect, on a poussé le bouchon trop loin dans les bassins à nitrate.

YAËL.- À nous maintenant de tout nettoyer pour qu'ils reviennent, les petits moutons.

HABILIS.- S'ils veulent bien revenir.

GAËTAN.- Alors, c'est d'accord ? Vous nous déposez sur la Grande Terre ?

HABILIS.- Eh bien...

CHUVUL.- Hubulus !

CHAVAL.- Habalas !

HABILIS.- D'accord. Je vous embarque. Nous partons demain matin.

CHUVUL.- Yuhu !

YAËL.- Et on revient ?

HABILIS.- Dans une semaine.

YAËL.- Une semaine ? C'est terriblement long ça !

HABILIS.- Tu peux rester avec ta maman si tu as peur.

YAËL.- C'est ça ! Et laisser mon vieil aîné sans surveillance au milieu des bêtes ! Apprenez que lui et moi c'est jamais l'un sans l'autre, unis, soudés jusqu'à la mort de l'éternité. Et pour ce qui est de ma maman, c'est pas une petite semaine loin d'elle et sans câlin du dodo qui va me mettre les pétoches que je n'ai jamais ! Pas vrai ?

GAËTAN.- Je serai là.

YAËL.- Et comment ! On part quand, les mecs ?

HABILIS.- À l'aube. Nous dormirons sur le bateau.

GAËTAN.- Merci monsieur Habilis.

YAËL.- Et toutes mes conventions.

GAËTAN.- À bientôt facteur. C'est la plus belle surprise de ma vie. Vous expliquerez tout à maman ?

CHUVUL.- Ne t'unquiute pus.

CHAVAL.- Ban vayage, las afats.

*Chuvul pleure.*

YAËL.- Courage, les amis. Je serai bientôt parmi vous.

GAËTAN.- Dans huit jours.

YAËL.- Huit jours ? Vous aviez dit juste une semaine !

GAËTAN.- On y va ?

HABILIS.- On y va.

*Noir.*

## TABLEAU 3

*Sur le bateau. La nuit.*

YAËL.– Dis. Tu dors ? Tu dors dis ! Moi j'arrive pas. Trop excité, comme avant la rentrée. Et puis le bateau il bouge. Et monsieur Habilis il ronfle.

GAËTAN.– Compte les moutons.

YAËL.– Les moutons de maman ?

GAËTAN.– Quand ça fait pas des pulls ou quand ça chope pas la grillade, le mouton ça aide à dormir.

YAËL.– Comme la verveine, en tisane ?

GAËTAN.– Ça se boit pas, ça se compte.

YAËL.– Goutte à goutte ?

GAËTAN.– Voilà. Bonne nuit.

YAËL.– Bonne nuit. Dis. Là, tu dors pas ?

GAËTAN.– Non.

YAËL.– T'as raison, c'est mieux pour bavarder.

GAËTAN.- Bavarder de quoi, Yaël ? Il est tard et je veux être en forme demain pour courir les bêtes. Laisse-moi dormir.

YAËL.- Ça roule. Dis. Toi qui en plus d'avoir la chance d'être mon meilleur ami es mon frère, tu devrais pouvoir répondre à la question qui m'interroge.

GAËTAN.- Je t'écoute.

YAËL.- Papa. Il te parle des fois ?

GAËTAN.- Souvent.

YAËL.- Moi aussi. Il doit nous appeler chacun notre tour. Il va peut-être t'envoyer un message cette nuit, parce que moi, je l'ai eu cet après-midi pendant les fleurs. Il m'a parlé. Tu veux savoir ce qu'il m'a dit bien sûr ? Bien sûr. Il m'a dit que toi et moi il faudra jamais se séparer. Pas vrai ?

GAËTAN.- T'inquiète pas.

YAËL.- Il a dit que tous les deux, on sera toujours là pour moi. Pas vrai ? Même aussi des fois qu'on sera là pour toi. Faudra pas te gêner, pas de ça entre nous.

GAËTAN.- Merci.

YAËL.- C'est la moindre des choses. T'en ferais autant. Pas vrai ?

GAËTAN.- Je serai toujours là pour toi.

YAËL.- On s'entend drôlement nous deux, ça fait plaisir à voir.

GAËTAN.- Il faut dormir maintenant.

YAËL.- Si tu l'as, tu me le passes.

GAËTAN.- Promis. Couvre-toi et dors.

YAËL.- Ouais. Je prends juste quelques gouttes de mouton, et je te dis à demain pour l'aventure !

GAËTAN.- Bonne nuit ma petite crotte.

YAËL.- Bonne nuit ma vieille crotte. Bonne nuit papa. Bonne nuit maman. *(silence)* Dis. Tu dors ? Bon. Une, deux, trois, quatre, cinq...

*Noir.*

## TABLEAU 4

*Chez Habilis.*

HABILIS.- Ma crevette !

KINOË.- Mon papa !

YAËL.- Ça sent bizarre chez vous.

KINOË.- J'ai fait un civet de lapin.

GAËTAN.- Ouawh !

HABILIS.- Tout s'est bien passé, mon cœur de palmier ? De nouvelles commandes ?

KINOË.- Plein ! Des chevaux de Camargue, un lion du Kenya, un hareng de la Baltique, un sanglier des Ardennes...

HABILIS.- La routine.

KINOË.- Et pas mal de nouveautés : un chameau du Périgord, un caméléon du Québec, un cochon d'Inde du Val-d'Oise, un rossignol milanais, un chien andalou... *(elle tombe sur Gaëtan)*

HABILIS.- Je te présente Gaëtan et Yaël Tautavel, nos invités.

**KINOË.–** Enchantée, Gaëtan.

**GAËTAN.–** Oui.

**YAËL.–** Pareil.

**HABILIS.–** Et ma fille, ma princesse, Kinoë.

**YAËL.–** Bien. Maintenant que tout le monde se connaît, il faudrait peut-être voir à se mettre au boulot. On va aux animaux ?

**KINOË.–** Tu restes longtemps combien ?

**GAËTAN.–** Plus ou moins.

**KINOË.–** Plus.

**YAËL.–** Moi et mon frère on a une semaine pour tout stocker là et là, alors plus tôt on s'y met, plus tôt on pourra rentrer chez nous. Gaëtan ! Dis !

**GAËTAN.–** Oui.

**YAËL.–** Tu m'écoutes ?

**GAËTAN.–** Oui.

**YAËL.–** T'es sûr ?

**GAËTAN.–** Oui.

YAËL.- Tu pues t'es gros t'es moche.

GAËTAN.- Oui.

YAËL.- Il m'entend plus. Ça doit être le voyage, ça me l'a tout désactivé. C'est qu'il est fragile mon grand frère.

HABILIS.- Viens, Yaël. Laissons-les discuter.

YAËL.- Mais ils disent rien !

HABILIS.- Il y a des choses qui se disent au-delà des mots.

YAËL.- N'empêche que si je le ramène à ma mère tout vidé comme tata Jacqueline, c'est bibi qui va se faire enguirlander, c'est prévisible !

HABILIS.- Chuttt ! Regarde.

YAËL.- Quoi ?

HABILIS.- L'amour qui apparaît.

YAËL.- L'amour ? Où ça ?

HABILIS.- Juste là.

YAËL.- Là, de l'amour en plein au milieu de ma vieille crotte et de votre cœur de palmier ? Sauf votre respect, monsieur Habilis, si le voyage vous fatigue aussi, on peut décaler les animaux ! De l'amour, vous me faites rigoler. Ils s'étaient jamais vus y a cinq minutes !

**HABILIS.**- Il suffit d'un regard. C'est imprévisible l'amour, on ne sait ni où, ni sur qui il va tomber.

**YAËL.**- C'est pas passé loin alors.

**HABILIS.**- Mais quand il est là, il faut faire de la place pour qu'il pousse en paix.

**YAËL.**- Ils peuvent quand même pas s'aimer là, à peine arrivés, sous nos yeux ! Ils sont pas mariés et mon frère, il s'est même pas lavé les mains !

**HABILIS.**- Viens, Yaël.

**YAËL.**- Gaëtan, écoute ton frère ! On est pas là pour embêter ces braves gens. Ils nous invitent, c'est déjà beau, c'est pas pour leur faire l'amour en arrivant ! Sans même enlever tes chaussures même qu'elles sont pleines de sable ! Alors arrête de faire le malin, planté là comme un poireau à fixer la princesse, c'est très malpoli. Gaëtan, je te cause ! Et tes conventions ? Va te laver les mains et mettre tes pantoufles ! Excusez-le, monsieur Habilis. Depuis la mort de notre papa, je l'ai jamais vu comme ça. Ils peuvent rester longtemps dans les yeux comme deux andouilles de bananes ?

HABILIS.- Toute la vie.

YAËL.- Mais c'est terriblement long, ça !

HABILIS.- Au contraire, le temps passe très vite quand on aime.

YAËL.- Tu parles d'une tragédie ! On avait bien besoin d'amour, tiens ! Un seul coup d'œil, et paf, ça vous chamboule le planning de la vie, voire même de la semaine. Qu'est-ce qu'on fait pour eux, monsieur Habilis ? On leur jette un seau d'eau ?

HABILIS.- On va visiter l'atelier.

YAËL.- C'est quoi ?

HABILIS.- L'essentiel de ma vie. Avec Kinoë.

YAËL.- Et sa maman à Kinoë, elle est où ?

HABILIS.- Elle n'est plus là. Un accident de vélo. Un matin d'hiver, elle a glissé.

YAËL.- Le verglas.

HABILIS.- Une famille de hérissons. Au lendemain du Grand Exode, les animaux étaient partout, sur tous les chemins. Elle a voulu les éviter. Elle est tombée. Elle ne s'est jamais réveillée.

YAËL.- C'est malin ! Et pas de casque, je présume ? Encore une victime de ma tragédie. Pauvre Kinoë. Ça doit pas être facile d'être une fille sans maman.

HABILIS.- Comme un fils sans papa. On va à l'atelier ?

GAËTAN.- Oui.

KINOË.- Oui.

YAËL.- C'est pas beau à voir. On a eu chaud, mon vieux Maurice. Je peux vous appeler Maurice ?

*Noir.*

## TABLEAU 5

*Dans l'atelier.*

YAËL.- Ouawh ! On dirait une caverne !

HABILIS.- C'en est une. Bienvenue dans mon univers.

YAËL.- Qu'est-ce que c'est ?

HABILIS.- Un taureau. Attention, il n'est pas sec.

YAËL.- Comment vous faites ça ?

HABILIS.- Je descends ici, dans ma caverne, bien loin de l'agitation des hommes, je sors mes couleurs et j'attends.

YAËL.- Qui ?

HABILIS.- L'animal. Qu'il passe en moi.

YAËL.- En vous ? Et quand il est là ?

HABILIS.- Je l'observe, au cœur de mes plaines intérieures. Son mouvement, son esprit, ses rêves... et je lui rends sa liberté.

YAËL.- Et par où il sort le gros taureau ?

HABILIS.- Par les doigts. Sur la toile.

YAËL.- Ouawh ! Vous aussi vous êtes magicien alors, comme le petit Jésus ?

HABILIS.- Je suis peintre.

YAËL.- Sacré boulot.

HABILIS.- Il faut du temps.

YAËL.- Moi j'en ai plein. J'ai une semaine. Ouawh ! Et ça c'est quoi ?

HABILIS.- Un puma.

YAËL.- J'en ai jamais vu mais c'est réussi. Un peu trop même.

HABILIS.- Approche-toi.

YAËL.- Je préfère rester près de vous. S'il se libère du mur, je serai là pour vous donner un coup de main.

HABILIS.- Tu ne risques rien. Quand l'animal est couché sur la paroi ou sur la toile, il y dort pour l'éternité. Il se réveille juste quand on le regarde, mais il ne peut pas s'échapper. Ce puma, par exemple, a été gravé dans la roche il y a plus de 30 000 ans.

**YAËL.-** Sauf votre respect, cher Maurice, c'est vrai que vous sentez un peu le vieux, mais là ça fait beaucoup plus que Jésus ou même que Charles de Gaulle !

**HABILIS.-** Ce n'est pas moi qui l'ai peint. C'est mon arrière-arrière et encore beaucoup d'arrière-grand-père. On a toujours aimé créer dans la famille. L'art, la peinture, la sculpture, la musique, à tel point que Lucy, par exemple, une très très vieille tante toute petite toute mignonne du côté de mon père, doit son nom à un morceau des Beatles !

**YAËL.-** Ouawh ! Elle devait être canon votre tata ! À quoi elle ressemblait ?

**HABILIS.-** À un singe.

**YAËL.-** Nous on a tata Jacqueline en moche. Elle est plus grosse qu'une baleine. Ça devient très rare les baleines paraît-il, comme les oursins des Pyrénées, c'est pour ça que maman dit qu'il faut bien la protéger notre tata, si on veut pas qu'elle disparaisse. En tout cas, il me tarde de vous voir capturer les animaux dans vos filets intérieurs, et d'assister à leur libération magique en claquant des doigts !

**HABILIS.-** Tu veux essayer ?

YAËL.- Moi ? Vous rigolez, monsieur Habilis, sauf votre respect, jamais je pourrai capturer un taureau ou un puma. C'est pas que j'ai les pétoches, c'est pas le genre de la maison, mais ça pourra jamais rentrer chez moi, je suis beaucoup trop petit.

HABILIS.- Tu as largement la place.

YAËL.- Oh ! C'est pas des blagues ?

HABILIS.- Tu peux accueillir en toi tous les animaux qui existent. Et les autres.

YAËL.- Ceux qui sortent du pipeau ? Comme la mite, le dragon ou le loup-garou ?

HABILIS.- Tout se peint, Yaël, absolument tout. Les taureaux, les dragons, les nuages, les pensées, les sentiments, les gens qu'on aime...

YAËL.- Même les gens qu'on aime et qui nous manquent ?

HABILIS.- Surtout ceux-là.

YAËL.- Moi, si j'avais quelqu'un de prisonnier dans mon manque, j'aimerais bien pouvoir lui rendre la liberté.

HABILIS.- Tu le portes en toi, ce quelqu'un, non ?

**YAËL.-** Il est gravé pour l'éternité sur mes parois intérieures. Dis, monsieur Maurice, et les sentiments qui m'arrivent des fois comme une vague des profondeurs, même qu'ils me chamboulent tout du sol au plafond, sans savoir ni pourquoi ni comment, je peux leur rendre leur liberté à ceux-là aussi, dites ?

**HABILIS.-** Les couleurs sont là pour ça.

**YAËL.-** Et les mauvais rêves ?

**HABILIS.-** Aide-les à s'échapper.

**YAËL.-** Comment ?

**HABILIS.-** Peins-les.

**YAËL.-** J'aimerais bien libérer tous mes animaux que je ne connais pas, et mon papa au fond de mon grand manque, et tous les mauvais rêves. N'allez pas croire que j'ai les pétoches, c'est pas le genre de la maison, mais si je me plonge à l'intérieur, dans mes profondeurs, je peux peut-être y disparaître à tout jamais ?

**HABILIS.-** Je te mentirais si je te disais qu'il n'y a pas de risque. Pour le savoir, il faut essayer.

*Il lui tend un pinceau.*

**YAËL.-** Vous savez, dans ma famille, on est pas des artistes comme chez vous de singe en fils, moi je suis juste venu pour apprendre les animaux et...

HABILIS.- Les peindre peut t'apprendre plus encore.

YAËL.- Apprendre quoi ?

HABILIS.- À te connaître.

YAËL.- Sauf votre respect, monsieur Habilis, vous me prenez pas pour une truffe des fois ? S'il y en a un qui me connaît ici, c'est bien moi ! Yaël Tautavel, enfant en visite dans la peinture souterraine pendant que mon frère fait l'amour tout là-haut au-delà des mots et sans bouger. Bon. Je veux bien essayer de peindre les zèbres et les dindons que j'ai jamais vus, mais faudra pas rigoler !

HABILIS.- C'est promis.

YAËL.- Et pour les sentiments, je vais vous en libérer un ou deux, vite fait, histoire de faire plaisir, mais des jolis, qui flottent en surface, comme des nénuphars, pas des qui chamboulent tout cachés dans mes fonds marins et qui foutent les pétoches que je n'ai jamais !

HABILIS.- Peins ce que tu veux, Yaël.

YAËL.- Encore heureux. C'est moi l'artiste ! Et regardez pas. Mettez-vous là, face au puma.

HABILIS.- Comme ça ?

YAËL.- Chuttt ! Pas si fort ! Une bête qui dort si bien depuis 30 000 ans, vous allez pas me la réveiller quand j'ai le dos tourné ! Allons-y. Il y a un animo en particulier qui vous ferait plaisir ?

HABILIS.- Un chien.

YAËL.- Quelle marque ?

HABILIS.- Labrador.

YAËL.- C'est jaune ou bleu ?

HABILIS.- Ça dépend de la couleur de tes pensées.

YAËL.- Bleu océan avec une larme de jaune citron, ça vous va ?

HABILIS.- Parfait.

YAËL.- J'ai le trac.

HABILIS.- Souffle.

YAËL.- Bon. Ben je plonge au fond de moi vous chercher votre chien. À tout à l'heure pas vrai ?

HABILIS.- Je t'attends.

*Yaël souffle et peint.*

*Noir.*

## TABLEAU 6

*Kinoë et Gaëtan s'embrassent.*

YAËL.- Gaëtan, mon pote, tu peux être fier de ton jeune frère. J'ai drôlement bien créé ! « Un vrai génie de la peinture ! » il a dit monsieur Habilis, mon maître. Il avait jamais vu un chien comme ça ! Pas vrai, Maurice ? Qu'est-ce que vous faites ?

KINOË.- On s'aime.

YAËL.- C'est dégueulasse. Et moi ?

GAËTAN.- Oui.

YAËL.- Ça va pas recommencer ! En public en plus ! Arrêtez ça tout de suite ou je rentre chez ma mère !

KINOË.- On peut pas, on est amoureux, soudés comme Roméo et Juliette.

GAËTAN.- De Shakespeare.

YAËL.- C'est qui encore celui-là ?

GAËTAN.- Celui qu'a trouvé le titre.

YAËL.- Monsieur Habilis, c'est de pire en pire ! Ils sont encore au-delà des mots mais bien plus loin !

KINOË.- Tulipe.

YAËL.- Andouille.

GAËTAN.- Oui.

KINOË.- Émeraude.

YAËL.- Banane.

GAËTAN.- Oui.

KINOË.- Futur.

YAËL.- Faux frère.

GAËTAN.- Oui.

YAËL.- Monsieur Habilis, on est en train de le perdre en direct sous nos yeux ! Oh c'est moi ta crottinette, Yaël, ton seul frère ! Gaëtan, réponds-moi, on va te sortir de là, accroche-toi, ma vieille crotte !

GAËTAN.- Ne m'appelle plus comme ça. Pas devant ma future femme.

YAËL.- Quoi ?

KINOË.- Le moment est venu de régulariser notre situation, mon chéri.

GAËTAN.- Monsieur Habilis, j'ai l'honneur de vous demander la main de votre fille.

HABILIS.- Déjà ?

KINOË.- Après s'être longuement embrassés, nous avons mûrement réfléchi.

GAËTAN.- Tellement embrassés que notre premier enfant est peut-être déjà en route.

YAËL.- Déjà ?

KINOË.- Et tellement réfléchi qu'on a même choisi les prénoms. Ève...

GAËTAN.- Ou Jean-Georges. Et un crédit sur vingt ans pour la maison.

KINOË.- Il nous reste à choisir la robe de mariée...

GAËTAN.- Le traiteur...

KINOË.- Et les guirlandes pour la salle !

HABILIS.- C'est peut-être un peu rapide, les enfants.

YAËL.- Monsieur Habilis, faites quelque chose, ils s'aiment plus vite que la lumière !

KINOË.- C'est-à-dire que mon compagnon et moi ne tenons pas à ce que l'enfant voie le jour en dehors des liens sacrés du mariage.

YAËL.- Et nous, Gaëtan, mon frère, mon unique ! Notre complicité va voler en morceaux.

GAËTAN.- Tu viendras boire l'apéro à Noël.

YAËL.- Je m'en fous ! Je bois même pas l'apéro ! Mais puisque c'est comme ça, j'irai au bistrot comme papa, et je me paierai des tournées pour arroser le drame de ma vie.

GAËTAN.- Fais pas la gueule, on peut pas lutter. C'est l'amour qui veut ça.

YAËL.- J'aime pas ça l'amour ! Aujourd'hui, c'est même mon pire ennemi. Je ne veux pas que tu manques toi aussi ! Tu es mon frère et j'en ai pas d'autre !

GAËTAN.- Moi non plus.

YAËL.- Tu n'as pas le droit de me laisser. Ensemble jusqu'à la fin de la mort ! C'est papa qui me l'a dit. Qu'est-ce que je vais devenir ?

GAËTAN.- Tu l'as dit toi même : un génie de la peinture.

YAËL.- Ça d'accord, c'est tout tracé, mais y a pas que le boulot dans la vie ! Et les parties de foot, comment je vais faire tout seul ? Et les rigolades au plumard ? Et les secrets quand ça va plus ? Tu m'avais promis...

GAËTAN.- C'était avant l'amour. Pardonne-lui.

KINOË.- Toi aussi, Yaël, tu rencontreras ta moitié.

YAËL.- Je suis très bien tout seul au grand complet, merci bien. Et d'abord toi je t'ai rien demandé. C'est pas parce que ta vieille tata toute moche est sortie avec l'un des Beatles qu'il faut faire la maligne !

GAËTAN.- Ouawh !

YAËL.- C'est exactement ce que j'ai dit ! Vous voyez bien, cher maître, on est tout pareil mon frère et moi, jamais l'un sans l'autre ! C'est pas à notre âge qu'on va se mettre à changer, c'est ridicule !

HABILIS.- Calmons-nous, les enfants. Avant de se marier, il faut se fiancer. Pour cela, il faut se connaître un peu plus. Quant à l'enfant, en attendant, peut-être pourriez-vous en adopter un... *(regardant Yaël)*

KINOË.- Yaël ?

YAËL.- Pourquoi pas, bande de cons d'andouilles ! Je suis pas assez bien pour vous ?

KINOË.- Un bébé déjà, ça dit pas des gros mots !

YAËL.- Je dis ce que je veux, grosse pomme, et plutôt qu'être adopté par vous, je préfère encore m'inscrire à la Ddass des orphelins sans parents.

HABILIS.- Les enfants, je crois que ce voyage nous a tous fatigués. Passons à table et...

YAËL.- J'ai pas faim.

HABILIS.- C'est dommage. Nous avons plein d'animaux à voir demain. Il te faut prendre des forces pour bien les observer.

GAËTAN.- Ça sent drôlement bon, Kinoë, ma future moitié.

KINOË.- C'est le civet de lapin mon lapin.

GAËTAN.- Tu as mis des carottes ma carotte ?

KINOË.- Et un brin de romarin mon romarin.

YAËL.- Ho ! Jamais vous soufflez !

HABILIS.- Ce sont les effets secondaires de l'amour.

YAËL.- Faut les désactiver, monsieur Habilis ! On se croirait dans un de mes mauvais rêves.

HABILIS.- C'est un vrai cordon-bleu ma fille, comme sa maman.

GAËTAN.- Elle est où d'ailleurs madame Habilis ?

YAËL.- Elle suce les pissenlits par la racine. Ça lui apprendra à mettre un casque.

HABILIS.- On ne parle pas comme ça, Yaël !

YAËL.- Je parle comme je veux, et vous êtes pas mon père d'abord !

GAËTAN.- Mais moi je suis ton frère et je te dis de la fermer !

YAËL.- Tu ne m'as jamais parlé comme ça. Même dans mes pires mauvais rêves. Voilà où ça nous mène ton amour. Tous les jours un peu plus il va nous éloigner, et quand je serai bien loin, ne viens pas me chercher trop tard !

HABILIS.- Je crois qu'il est temps que tu ailles te coucher, Yaël. Bonne nuit.

YAËL.- Injuste est la vie, monsieur Habilis. Il avait drôlement raison Jésus Lepetit : c'est toujours les plus proches qui vous abandonnent.

*Il disparaît.*

GAËTAN.- Je savais pas pour madame Habilis.

HABILIS.- Ton frère a raison, injuste est la vie.

GAËTAN.- Il dit ça parce qu'il est égoïste.

HABILIS.- Parce qu'il est malheureux et qu'il a peur de te perdre. Kinoë, tes yeux sont tout gonflés. Va te coucher, mon ange. À demain, les enfants.

*Il disparaît.*

GAËTAN.- Bonne nuit Juliette, mon amour de Kinoë.

KINOË.- Bonne nuit Roméo, mon amour de Gaëtan. Notre première nuit l'un sans l'autre.

GAËTAN.- Je rêverai de toi.

KINOË.- Bonne idée ! Moi aussi. Et dans mes rêves je vais réfléchir à de bons petits plats.

GAËTAN.- Et moi à un plan d'épargne pour nos projets d'avenir. Comme...

KINOË.- Partir au ski une fois par an !

GAËTAN.- Je sais pas faire.

KINOË.- Moi non plus, mais tout est possible quand on s'aime, et puis on prendra un moniteur !

GAËTAN.- Mais mon âme sœur, ça fera plus cher !

KINOË.- Comme on s'aimera on comptera pas.

GAËTAN.- Tu te rends compte que si on s'était pas vus, on se connaîtrait pas.

KINOË.- Parle pas de malheur ! C'aurait été terrible de vivre avec ce manque.

GAËTAN.- Comment on faisait déjà l'un sans l'autre ?

KINOË.- J'ai oublié. J'oublie tout ce qui n'est pas nous, ça file comme une étoile.

GAËTAN.- Je ne connais plus que ton nom, je ne sais plus le mien.

KINOË.- Roméo.

GAËTAN.- Moi c'est Gaëtan, mais ça fait rien, toutes les erreurs sont humaines quand on aime. Tu sais quoi ?

KINOË.- Non Roméo.

GAËTAN.- Gaëtan. Sur la Terre, il n'y a pas plus heureux que moi.

KINOË.- Si. Moi.

GAËTAN.- Non moi.

KINOË.- Non moi.

GAËTAN.- Moi.

KINOË.- Moi.

GAËTAN.- Toi.

KINOË.- Toi.

*Ils s'embrassent. Apparaît Yaël en pyjama.*

YAËL.- Et allez, encore un coup de Roméo dans Juliette.

KINOË.- À demain toi.

GAËTAN.- Non toi.

KINOË.– Moitoi.

GAËTAN.– Toimoi.

YAËL.– Ben vous quoi ! J'avais pas dit bonne nuit. Bonne nuit.

GAËTAN ET KINOË.– Oui.

YAËL.– C'est du coriace les effets secondaires.

*Noir.*

## TABLEAU 7

*Dans la nature.*

KINOË ET GAËTAN.– Yaël ! Yaël ! Yaël ! Yaël !

KINOË.– Le voilà !

GAËTAN.– Yaël, mon jeune frère, mon andouille, ça va pas de filer comme ça, en douce, pour te glisser dans les herbes comme un serpent, en pyjama au milieu des animaux sauvages ! Viens là que je te botte le cul !

YAËL.– T'es pas fou de crier comme ça ! Tu vas tout la casser !

GAËTAN.– Quoi ?

YAËL.– L'harmonie. Entre la nature et moi. On est dans l'invisible à cette heure-ci. C'est un tuyau de monsieur Habilis, mon maître. Être en communion avec le senti des éléments juste avant le petit déj', c'est là que tu chopes le mieux l'harmonie et sa lumière. Tous les génies font ça.

GAËTAN.– Où tu vois un génie ?

YAËL.- Ben là !

KINOË.- Qu'est-ce que mon père t'a dit exactement ?

YAËL.- Mon maître croit beaucoup en moi. Il dit que y a plein de génies qui ont commencé la carrière comme moi, en croisant leur hasard sur la route du destin. Et d'abord je te parle pas à toi.

GAËTAN.- Yaël, faut pas rester là. Te savoir tout seul entouré par les animaux que tu connais même pas, ça me fait trembler les guiboles.

KINOË.- Et si tu trembles, alors je tremble aussi et je me colle à toi, Roméo, mon unique moitié.

GAËTAN.- Gaëtan. Mon abricot toi.

KINOË.- Ta Clémentine moi.

YAËL.- Ah non ! Ça suffit les effets secondaires et les toimoimoi ! Vous serez gentils d'aller trembler ailleurs.

GAËTAN.- Descends de là. Et d'abord enlève ces lunettes de soleil, c'est ridicule.

YAËL.- C'est rapport à l'amour. Quand on voit les dégâts, mieux vaut prévenir que guérir.

GAËTAN.- Yaël, viens là ! C'est un ordre !

YAËL.- Mon pauvre Gaëtan, mon vieux frère, ma patate. D'abord on donne pas d'ordre à un génie, ça s'est jamais vu, et ensuite c'est pas en hurlant comme ça que tu risques de voir l'invisible des éléments bien sentis. Retournez plutôt au chaud faire pousser votre amour. Qu'on me laisse seul à jamais. J'ai du boulot.

GAËTAN.- Quel boulot ?

YAËL.- L'observation. C'est une des ficelles du b.a.-ba du métier. Il se trouve que ce matin, entre la nature et moi, jusqu'à ce que vous arriviez, on s'observait tranquille et c'était très harmonique.

GAËTAN.- Qu'est-ce que tu vois ?

YAËL.- Plein de bestioles. Par exemple là, sous le grand arbre, j'observe un magnifique troupeau de flamants roses.

KINOË.- Où ?

YAËL.- Là.

KINOË.- C'est pas des flamants roses, c'est des pigeons !

YAËL.- T'es sûr ?

GAËTAN.- Ben oui.

YAËL.- En tout cas c'est superbe. Là tu vois, c'est le chef. Il a un petit drapeau sur la tête. Lui, je l'ai bien déposé sur mes parois intérieures, à côté du gros chat qui pète.

GAËTAN.- Où ça un chat qui pète ?

YAËL.- Ben là !

KINOË.- C'est pas un chat, c'est un hippopotame dans son bain.

YAËL.- Il a des moustaches tout pareil, on peut confondre. Si vous êtes venus pour me faire monsieur et madame Je-sais-tout, fallait rester au lit ! De toute manière, moi et les animaux on s'en fout, on se régale dans la communion bien au-delà des mots, nous aussi. Oui, mes petits oiseaux, je vous aime. Toi aussi, mon bel hitto-pomachin dans son bain, je t'aime. Et toi, tu m'aimes ? Oui. Tu m'aimes.

GAËTAN.- Il a perdu la boule. Yaël, viens prendre tes céréales.

YAËL.- J'ai pas faim. Nous, les artistes, on a pas les mêmes préoccupations j'te f'rai dire. Je me nourris de l'âme des bêtes, et quand j'en suis bien rempli, je cours la jeter sur les murs de la création, et ça fait des fortunes ! Pour ça, il faut bien regarder l'animal et se le rentrer en mémoire. Bon, maintenant, si vous n'avez plus de questions, vous serez gentils de me laisser travailler. J'ai un planning chargé et mes bêtes à rentrer.

KINOË.- Viens, Roméo, mon cœur de diamant. On va préparer le repas de midi pendant que ton frère le petit génie se nourrit de l'invisible. Alors en entrée, je te propose un velouté de tigre aux jeunes pousses de gazelles, suivi, au choix, d'une terrine de cigales ou d'une terrine de fourmis...

GAËTAN.- Quelle est la différence, je vous prie ?

KINOË.- La cigale, c'est plus parfumé et la fourmi, c'est plus riche.

GAËTAN.- Je tente le velouté.

KINOË.- Ensuite des travers de zèbre grillés au caramel accompagnés d'une purée de kangourou, ou des oreilles d'âne farcies à la provençale, ou un gorille aux carottes, ou un cachalot basquaise.

GAËTAN.- Va pour le gorille.

KINOË.- Très bon choix. Et en dessert le traditionnel clafoutis de coccinelles, ou le mille-feuille de chauve-souris à la vanille, ou une simple méduse glacée avec un léger coulis de perroquet, c'est très frais.

GAËTAN.- Vous n'avez pas des merguez ?

KINOË.- Des merguez, en dessert ?

YAËL.- C'est quoi ?

KINOË.- Ce sont de fines saucisses de Strasbourg de Marrakech. C'est simplement délicieux. N'est-ce pas, ma fougueuse moitié d'amour ?

*Ils s'embrassent.*

YAËL.- Hé ho ! Pas de ça dans mon bureau ! Allez cueillir vos merguez et faire moitié-moitié plus loin ! C'est pas la place qui manque ici. Oh ! Gaëtan, viens voir !

GAËTAN.- Quoi ?

YAËL.- La chance du débutant ! C'est inespéré pour un premier jour.

GAËTAN.- C'est quoi ?

YAËL.- Un troupeau de girolles !

KINOË.- De quoi ?

YAËL.- De girolles. Elles sont immenses.

KINOË.- De girafes !

GAËTAN.- Des girafes ! Je vais chercher monsieur Habilis, pour en capturer une. J'ai toujours voulu goûter à la girafe. À la broche piquée à l'ail, ça doit être terrible !

*Il disparaît.*

KINOË.- Il fait trop mal aux yeux tellement il est beau mon homme !

YAËL.- Pourquoi tu pars pas avec lui alors ?

KINOË.- Je peux pas. J'ai un cadeau.

YAËL.- Pour qui ?

KINOË.- Devine.

YAËL.- Pour moi ?

KINOË.- Pour me faire pardonner de t'avoir pris ton frère.

YAËL.- C'est pas toi. C'est l'amour. Je le retiens celui-là. Avant même que je le connaisse, il a brisé ma vie. Heureusement que moi et l'art on s'est rencontrés. Sinon j'aurais été un génie de la peinture sans le savoir, tu parles d'un gâchis pour mon public.

KINOË.- Tiens.

YAËL.- Qu'est-ce que c'est ?

KINOË.- Le cadeau.

YAËL.- Que c'est beau ! On dirait un kiwi ! Comment ça s'appelle ?

KINOË.- Une grenouille.

YAËL.- Ouawh ! C'est ça une grenouille ? C'est magnifiquement fait !

KINOË.- Il faut lui donner un nom. Ève ou Jean-Georges, c'est bien.

YAËL.- Je sais pas ce que c'est comme modèle.

KINOË.- Appelle-la Jean-Ève.

YAËL.- C'est moi qui décide.

KINOË.- Ou Mimi ou Nounouille.

YAËL.- T'as pas plus nunul ? Ma beauté, tu t'appelleras : Charles de Gaulle.

KINOË.- C'est quoi ça ?

YAËL.- Un vieux type noir et blanc très connu à l'époque. Un grand.

KINOË.- Il jouait au basket ?

YAËL.- Sûrement. Mais il est surtout célèbre pour ses avenues.

KINOË.- Il faudrait lui faire une cabane.

YAËL.- Sa cabane, ce sera là, dans ma poche, bien au chaud. N'aie pas peur, Charles de Gaulle. Tant que je serai là personne te soufflera dans le cul.

KINOË.- Quoi ?

YAËL.- Merci Kinoë. Excuse-moi pour hier soir, je n'étais plus moi-même, j'étais habité par les affreux de la création. Si je t'ai fait mal à ta maman, je te prie de m'excuser. Elle manque ?

KINOË.- Pas mal.

YAËL.- Un jour si tu veux, quand je serai sacré génie, entre deux avions, je ferai son portrait.

KINOË.- Tu ferais ça ?

YAËL.- Pour ton manque, je décalquerai sur celui de mon papa, ça doit être à peu près la même taille.

KINOË.- T'es génial. *(elle l'embrasse)*

YAËL.- Je sais. C'est surtout pour vous que j'étais inquiet. Vous marier, si jeunes, et au chômage.

KINOË.- On n'est pas au chômage, on est à l'école.

YAËL.- Excuse ! Nous, les génies, on a souvent un temps d'avance. Heureusement que je vais devenir riche et célèbre, comme ça vous pourrez toujours compter sur moi.

KINOË.- Merci Yaël.

YAËL.- Pas de quoi, je sais ce que c'est, j'ai été jeune moi aussi. Bon maintenant il faut que je te laisse.

KINOË.- Tu n'attends pas Roméo et papa ?

YAËL.- Mon boulot, c'est de peindre les animaux, pas de les boulotter. Et puis je dois libérer tout ce que j'ai vu, y compris l'hippomachin. Lui et moi on s'adore, mais il est pas facile à rentrer en mémoire.

KINOË.- C'est qu'il est gros. Tu sais, si mon père a dit que tu étais très doué c'est que c'est vrai.

YAËL.- Et il s'y connaît le vieux Maurice !

KINOË.- En travaillant dur, un jour tu pourras peut-être faire concurrence à Delacroix ou à Van Gogh.

YAËL.- Tu sais, Kinoë, c'est bien qu'ils aient leur chance aussi. Y a de la place pour tout le monde. T'es chouette comme fille, mais il vaut mieux pas que je tombe amoureux de toi. Ce serait vache pour mon frère, il pourrait pas lutter, vu que les filles, avec les fleurs, c'est les artistes qu'elles préfèrent. On est parti, mon Charlie ? Bye, bye !

KINOË.- Bye !

*Noir.*

## TABLEAU 8

*Sur la plage. Monsieur Habilis et Yaël préparent le bateau.*

KINOË.- Tu pars ?

YAËL.- Je retourne chez nous. Ça fait une semaine.

KINOË.- Déjà ?

YAËL.- Le temps passe vite quand on aime.

HABILIS.- Le vent se lève. Il faut y aller.

YAËL.- OK patron.

KINOË.- Patron ?

HABILIS.- Yaël va m'aider à peindre les tableaux. Avec toutes ces nouvelles commandes, c'est devenu difficile pour moi.

YAËL.- Je vous file un petit coup de main, c'est bien naturel. Vu que vous commencez à sucrer les fraises, ô mon maître.

HABILIS.- Il a raison, Kinoë. Je commence à prendre de l'âge.

YAËL.- Alors que moi je suis frais comme un gardon ! Je vais installer mon atelier dans la chambre de Gaëtan, vu qu'elle sera vide, et je peindrai les bêtes pour mon peuple qui adorera mes œuvres.

KINOË.- Ton frère le sait ?

YAËL.- Vaut mieux pas. Fragile comme il est, il chialerait comme une gamine. Je dis pas ça pour toi, Kinoë. Je préfère partir tant qu'il est à la chasse à la tortue. Quoi ? Kwa ! Kwa ! Kwa ! C'est Charles de Gaulle. Elle a la dalle. Pauvre beauté, toute creusée par l'air marin. Au revoir, Kinoë. Tu sais Gaëtan, je vais lui manquer, je t'avertis. Il va être à prendre avec des pincettes, il vaut mieux que tu le saches.

KINOË.- Roméo ! Roméo !

YAËL.- Chuttt ! Il va t'entendre ! Il faut partir vite, ô patron mon maître, et sans se retourner !

HABILIS.- Les toiles sont chargées, moussaillon ?

KINOË.- Roméo ! Vite !

YAËL.- Oui capitaine !

HABILIS.- Alors en voiture ! On largue les amarres !

KINOË.- Papa attend ! Le voilà !

GAËTAN.- Que t'arrive-t-il mon amour ? Yaël, mon frère, tu t'en vas ?

KINOË.- Il veut se jeter à l'art !

GAËTAN.- Déconne pas.

YAËL.- Oui mon Gaëtan. À cause du vent de la vie qui tourne. Nos routes se séparent : toi il faut que tu restes avec ton amour et ses bons petits plats, et moi, la vie m'attend de l'autre côté, à peindre sur notre île, et puis ces jours-ci, j'ai attrapé un début de manque de maman et ça, il n'y a qu'elle qui sait le guérir.

GAËTAN.- Et les animaux ? Tu les as pas tous vus !

YAËL.- Avec tout ce que j'ai rentré en mémoire, je peux les peindre jusqu'à la fin de ma mort.

GAËTAN.- On ne va plus se voir ?

YAËL.- Je reviendrai pour Noël. Je vous peindrai des cadeaux.

GAËTAN.- Yaël, mon unique, on a jamais été séparés. Tu crois qu'on saura ?

YAËL.- On apprendra chacun pour soi. Comme disait mon vieux maître : « Tout s'apprend avec du temps. » Pas vrai, patron ? Il vaut mieux qu'on y aille, avant qu'il se mette à chialer. Je le connais comme si je l'avais fait.

GAËTAN.- Je suis ton frère et tu n'en as pas d'autre !

YAËL.- Toi non plus !

GAËTAN.- Embrasse maman !

YAËL.- J'y compte bien ! Tu ne pourras pas m'oublier, pas vrai ?

GAËTAN.- Tu seras toujours dans un petit tableau accroché au cœur.

YAËL.- Pareil.

GAËTAN.- Tu ne m'en veux pas alors ?

YAËL.- Moi ? Tu rigoles. La grandeur d'âme, tu connais ? C'est fourni avec l'art, c'est bien pratique. Je t'aime comme au premier jour.

GAËTAN.- Pareil. Au revoir, ma petite crotte !

YAËL.- Au revoir, ma vieille crotte !

HABILIS.- Tu es très courageux, Yaël.

YAËL.- Monsieur Habilis, j'aimerais exprimer une ou deux vagues de sentiments profonds ? Vous pouvez vous retourner ? C'est assez pressé.

HABILIS.- Tu peux y aller.

YAËL.- Ce sera vite fait, parole d'homme. *(il pleure)*

*Noir.*

## TABLEAU 9

*Sur son île, Yaël peint. Charles de Gaulle pose. On entend une pétarade.*

YAËL.- N'aie pas peur, Charlie mon amour de modèle, c'est le facteur.

CHUVUL.- Cucu lu gusse !

CHAVAL.- Bansar ma p'tat gars !

YAËL.- Salut facteur, salut Macha, salut Coco.

COCO.- Coco !

YAËL.- Il a encore poussé, le p'tit Chovol.

CHAVAL.- Al va biantat avar ane an.

YAËL.- Un an déjà. Tu veux un radis, Coco ?

COCO.- No.

CHAVAL.- Al prafare la chacrate ! Hahaha !

CHUVUL.- Huhuhu ! Ulurs, mun p'tut Publu Pucussu, mu cummunde ut-ulle prute ?

YAËL.- Je ne suis pas Pablo Picasso, je suis Yaël Tautavel. Je suis pas loin derrière et faudrait pas qu'il trébuche... Voilà. Un bel oiseau-mouche.

CHUVUL.- *(regardant le tableau)* Ul ust u l'usu-muche ?

YAËL.- Ben là.

*Chuvul pleure.*

CHAVAL.- C'a l'amatian. *(elle sort l'appareil photo)* Wastata ! *(photo)* At ça, c'a qua ?

YAËL.- Une marine. Un vieux couple de poissons-chats assis sur un joli banc de sardines. C'est ma période bleue. C'est une commande de la maison de retraite d'à côté. Le poisson, c'est bon pour la mémoire.

CHAVAL.- At ça ?

CHUVUL.- C'u... buzzure.

CHAVAL.- C'a gras...

YAËL.- Ça se voit pas ? C'est Charles de Gaulle ! Dans la grande tradition de le peinture à l'huile de noix. La prochaine fois, chère Macha, je vous arrange le portrait si vous le souhaitez ?

CHAVAL.- Ja va raflachar...

COCO.- Popot !

CHUVUL.- U ?

CHAVAL.- Pas papa. Caca.

COCO.- Popot !

CHAVAL.- Vala, vala ! An va pas tarda a rantra a la masan, man amar. Al fat qua ja prapare la rapas.

CHUVUL.- Ut ce suir, c'u cuscus ruyul ! Hubulus nus u rumunu d'lu viunde. Tu vu vunur ?

YAËL.- Merci, les amis. Ma grenouille et moi on dîne chez maman. Gratin d'asperges et marmelade de choux rouges.

CHUVUL.- Bun upputut. Uh ! J'ullus ubliu ! Une luttre ! *(il lui donne)*

YAËL.- Une lettre pour moi ? C'est Gaëtan mon frère ! « Mon cher Yaël. J'espère que vous allez bien toi et maman, et que tu peins bien les animaux en attendant qu'ils reviennent. Nous vous invitons Kinoë mon amour et moi à l'inauguration de notre charcuterie mardi prochain. Nous vous attendons. P.-S. : Tous les jours je pense à toi. Tu manques. Gaëtan. Ton frère qui t'aime. » *(à Charles de Gaulle)* T'entends comme c'est beau, ma beauté !

CHUVUL.- Tu vu y ullu ?

YAËL.- Et comment ! Mon vieux maître Habilis nous emmènera. Je cours prévenir maman. Il faut qu'elle me tricote un costume de retrouvailles impeccable ! *(Chuvul pleure)* Soyez pas triste, facteur mon ami.

CHUVUL.- Ju sus pus truste. Ju sus hurux ! Buy, buy !

CHAVAL.- Baye, baye !

*Ils disparaissent dans une pétarade.*

YAËL.- Bye ! À Gaëtan, je vais lui peindre un sacré soleil tellement au-delà des mots. Tu vois, ma belle, il faut toujours y croire. C'est du coriace l'amour. Ouawh !

*Fin.*

*28 février 2005*

## STÉPHANE JAUBERTIE

Né en 1970 à Périgueux, Stéphane Jaubertie s'est formé à l'École de la Comédie de Saint-Étienne. Parallèlement à sa carrière de comédien (il a, à ce jour, joué dans une trentaine de spectacles), il commence à écrire pour le théâtre en 2004, avec *Les Falaises*.

Ses pièces suivantes sont des fables théâtrales qui s'adressent aussi bien aux enfants qu'aux adultes.

Certaines sont nées de commandes : *Une chenille dans le cœur* (le conseil général et cinq théâtres de Seine-Saint-Denis, création Bruno Lajara), *Létée* (Compagnie du Réfectoire, création Patrick Ellouz), *Everest* (TNG - CDN de Lyon, création Nino d'Introna) et *Un chien dans la tête* (Théâtre du Phare, création Olivier Letellier).

*Yaël Tautavel ou l'Enfance de l'art* et *Jojo au bord du monde* ont reçu de nombreux prix et ont été sélectionnés par l'Éducation nationale comme œuvres de référence pour les collégiens. En 2014, *Un chien dans la tête* a reçu le prix Théâtre en pages organisé par le Théâtre national de Toulouse et *Livère*, le prix Godot du festival des Nuits de l'Enclave de Valréas. En 2017, *Laughton* est couronné par le prix Théâtre du Présent (attribué par le public du Théâtre de l'Apostrophe - Scène nationale de Cergy-Pontoise et du Val-d'Oise).

Stéphane Jaubertie écrit des fables initiatiques. C'est du plus profond de soi qu'il part pour fabriquer un théâtre qui parle au cœur et à la tête. Qu'il s'adresse à tous ou plus particulièrement aux enfants, il compose une dramaturgie toujours simple, intelligente, précieuse et rare.

Il anime à Paris et en régions des ateliers d'« écriture dynamique » pour les enfants et les adultes et est chargé de cours d'écriture créative à la Sorbonne Nouvelle - Paris 3. Il est l'un des auteurs vivants les plus joués du théâtre public. Toutes ses pièces sont publiées aux éditions Théâtrales.

## COMMENT ON SE JETTE À L'ART

*Yaël Tautavel* est ma deuxième pièce.
La première était un rendez-vous. Avec l'écriture, donc avec moi-même.
Une histoire que je portais depuis un bon moment, mais comment l'écrire puisque je n'étais pas écrivain ? Mon métier, c'était comédien, interprète des mots, de ceux qui poussent de l'autre côté du fleuve, au pays des Auteurs. Mais la nécessité était là. Avec elle, les hautes rives paraissent moins difficiles à atteindre. Il me fallait donc prendre mon courage à deux mains et, sans attendre, laisser échapper cette histoire en la couchant sur le papier. Grande traversée…
Puis s'est imposé à moi le besoin d'en écrire une autre. Pour tous les âges de la vie cette fois, pour les grands et les petits, comme on dit. Nouveau rendez-vous.
Mais quelle histoire ?
Les premiers mots font leur apparition. Brèves répliques, sur le bord de la route, entre deux personnages : A et B.
Ces deux-là me semblent frères, ensemble toujours et partout, jamais l'un sans l'autre dans un monde désenchanté. Il est visiblement question d'animaux… d'errance et d'abandon… puis l'île voit le jour, et commence le Grand Exode des bêtes vers le continent.
Ça avance… Puis A, le petit, va découvrir l'art, abandonné par B, le grand, trop occupé à découvrir l'amour. Ce sera donc une histoire de cœurs serrés entre deux frères, livrés

à eux-mêmes sur une île estropiée. Mais pas seulement... Plus je m'abandonne dans les eaux troublées de la pièce, plus elle me donne à voir clairement ce qu'elle porte en elle : Comment la vie va séparer deux inséparables, et comment cette épreuve va révéler au monde un artiste.
Comment, pour aller vers la vie, il faut apprendre à s'éloigner, à tourner le dos à ceux qu'on aime, et s'aventurer seul vers ses inconnues. Ça chemine, ça va pas droit. À contre-courant bien souvent.
Comment le voyage (initiatique, forcément) va donner à voir à notre héros les contrées de son monde intérieur, qu'il découvre du bord de ses manques et de ses peurs.
Et encore :
Comment on se jette à l'art quand d'autres se jettent à l'eau.
Comment l'amour chamboule le planning de la vie.
Comment l'indispensable adulte va prendre la main de l'enfant A, lui faire passer la crête, pour le lâcher sans qu'il s'en aperçoive un peu plus loin dans la vie...
A, mon petit héros vif et lumineux. A, qui trébuche pour mieux se relever. Je sens qu'il va s'appeler Yaël. C'est beau Yaël. Ça vient de loin et ça va vers le ciel. Yaël. Tautavel. Comme l'homme des grottes. Ces grottes préhistoriques qui ont vu naître l'art...
Et le peintre s'appellera Habilis. Habilis, le passeur, sur son bateau, qui navigue d'un monde à l'autre, de l'ancien au nouveau. Qui sait les douleurs mais aussi les remèdes.
Et B ? Le grand frère, l'adoré... Ce sera Gaëtan. C'est beau aussi Gaëtan. À la fois robuste et tendre...

Et voici Chuvul le bon et Chaval la douce, et bien sûr, voilà l'Amour, le grand. Il s'appellera Kinoë…
Ainsi ça avance, jusqu'au point final.
Grande traversée encore…
Et déjà la prochaine qui fait son trou dans mes rêves…

**Stéphane Jaubertie**

## L'ENFANCE DE L'ART

Je cherchais une écriture intergénérationnelle. Un objet de création qui puisse donner, dans la continuité de ce que je fais depuis trente ans, un théâtre qui touche et qui parle, même à divers niveaux, à des âges différents de la vie.
Le créateur, metteur en scène et comédien que je suis a lu cette proposition si spéciale qu'est *Yaël Tautavel*, et mon âme italienne a été excitée par ce mélange d'art et de cuisine, d'amour et de rage qui ressort de l'écriture de Stéphane Jaubertie.
Lui et moi, on ne se connaissait pas, et déjà à la première lecture, je disais aux comédiens : « Je crois qu'il est solaire, disponible et ironique, peut-être du centre sud de la France… », et j'avais raison.
Dès la première minute, j'ai lu ce texte comme une métaphore initiatique à l'art, à l'amour et à la séparation. Immédiatement l'instinct m'a amené à penser, « en blanc », un lieu mental et scénographique qui berce l'évolution de Yaël, en rapport à son frère et à son destin d'appliquer sur la toile la peinture qui, peut-être, lave ou transpose les inquiétudes de grandir.
Une métaphore de l'acte artistique comme urgence de dire et montrer notre vision du monde, nos peurs, nos interrogations, les joies universelles et si personnelles à la fois, les suggestions, les impressions.
Un texte riche dans lequel pouvoir chercher des mises en scène qui réalisent cet objet littéraire en faveur d'une vie de

plateau faite de voix, de chair, d'images, de sons, de musiques, de lumières et d'espaces.
J'ai donc choisi un parti pris qui puisse mettre en valeur la langue très dense des personnages, mais aussi les silences d'équilibre où la pause peut nous parler tout autant.
Rire et tragédie allaient exister, pour moi, comme une évidence qui ne nécessite pas d'être soulignée ; esprit de terre et d'air qui voyagent ensemble pour équilibrer la pulsion artistique, et la souffrance ou la jubilation concrète de cette histoire. Face à cette proposition ludique, les comédiens ont été ravis de jouer *Yaël Tautavel* comme des acteurs et comme des êtres « qui n'ont jamais oublié d'avoir été des enfants ».

**Nino D'Introna**

Achevé de réimprimer en France sur papier issu de la
gestion durable des forêts (certifié PEFC) en juillet 2018
sur les presses de Corlet Imprimeur
à Condé-en-Normandie (14) labellisé Imprim'Vert®
N° d'imprimeur : 198397

Composition et maquette :
Concordance(s)/Michel Delon à Mareuil-lès-Meaux (77)
Dépôt légal : octobre 2007